Les **RHINOS** ne mangent pas de crêpes

Anna Kemp & Sara Ogilvie

Little URBAN

www.little-urban.fr

Pour Monty, avec tout mon amour.
Anna Kemp

Pour Avril et Robert (qui prennent toujours le temps d'écouter).
Sara Ogilvie

www.little-urban.fr

LES RHINOS NE MANGENT PAS DE CRÊPES
Titre de l'œuvre originale : *Rhinos don't eat Pancakes*

Text Copyright © 2011 Anna Kemp
Illustrations Copyright © 2011 Sara Ogilvie
Published by arrangement with Simon & Schuster UK
Ltd 1st Floor, 222 Gray's Inn Road, London,
WC1X 8HB A CBS Company

© 2017 LITTLE URBAN pour la version française
Dépôt légal : janvier 2017
Loi n° 49-956 du 16 juillet 1949 sur les publications
destinées à la jeunesse.
ISBN : 978-2-3740-8048-2

Traduction : Véronique Mercier-Gallay
Adaptation graphique : Grégory Bricout & Camille Aubry

Achevé d'imprimer en Chine, juin 2018.

Est-ce que tu as parfois l'impression que tes parents
n'écoutent pas un mot de ce que tu leur racontes ? Oui ?

Alors tu es exactement comme Mathilde.
Sa maman et son papa ne l'écoutent jamais.
Mathilde pourrait bien leur dire que ses cheveux ont pris feu
ou que le chien vient de dévorer le facteur, ils répondraient :
« C'est bien, ma chérie » ou «Tu devrais raconter ça à Mamie ».

Si bien que le jour où Mathilde a voulu leur dire
quelque chose de vraiment important...
Tu devines ce qui s'est passé ?

Personne ne l'a écoutée.

Voici ce qui est arrivé à Mathilde...

Mathilde prenait tranquillement son petit déjeuner
quand un énorme rhinocéros violet a traversé la cuisine.
Oui, oui, un énorme rhinocéros violet !
Aussi gros qu'un camion, et violet comme une prune.

Il avait une petite faim. Alors, il a pris une bouchée de la crêpe de Mathilde, puis il est monté à l'étage.

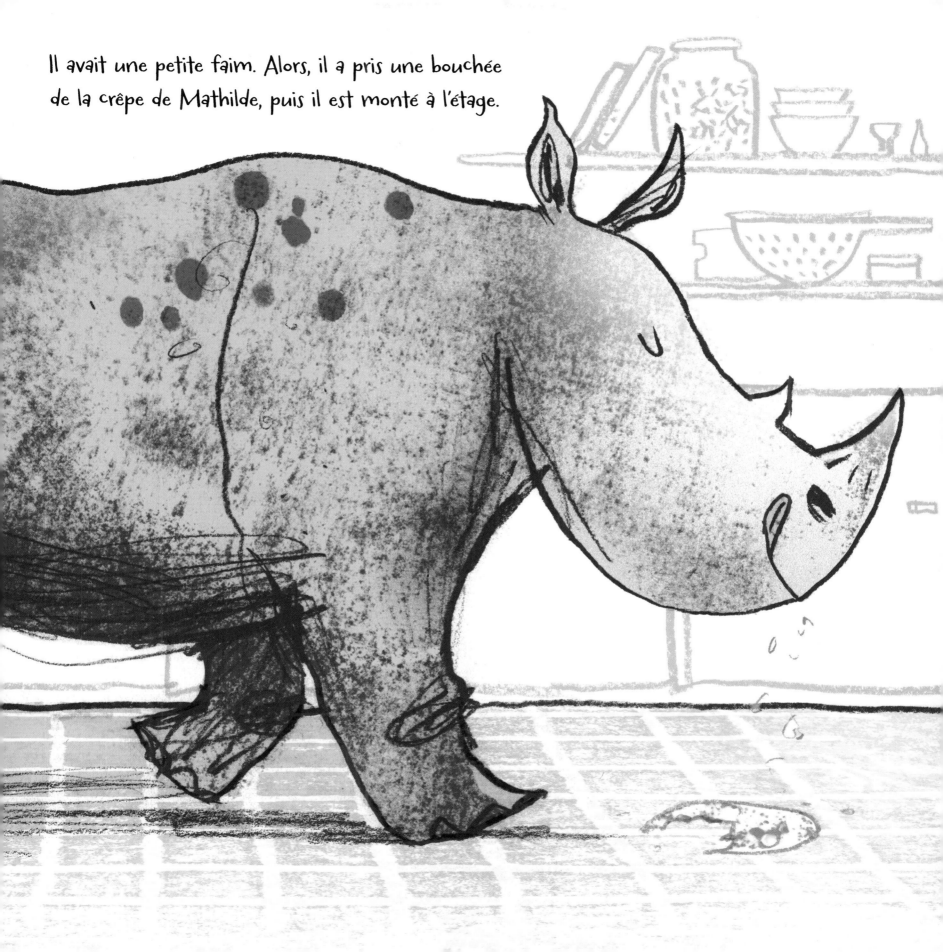

« **Maman ! Maman!**
a crié Mathilde.

Il y a un énorme... »

« Ce n'est pas le moment, lui a répondu Maman, va voir ton père. »

« Papa ! Papa !
a crié Mathilde.
Il y a un gros, un énorme... »

« Ce n'est pas le moment, a répondu Papa.
Je m'occuperai de cet insecte plus tard. »
« Mais ce n'est pas un insecte, a alors dit Mathilde,
c'est un énorme rhinocéros violet ! »
Mais, comme d'habitude, personne n'écoutait Mathilde.

Au fil des jours, le rhinocéros a commencé à prendre ses aises.

Mathilde le croisait dans l'entrée.

Elle l'apercevait dans le jardin.

Elle l'espionnait pendant qu'il était dans la salle de bains, et elle l'a même surpris aux toilettes !

Mais chaque fois qu'elle essayait d'en parler à ses parents, ils lui répondaient : « Mathilde, tu ne vois pas que **nous sommes occupés?** »

Les parents de Mathilde étaient
tout le temps occupés.

Alors, Mathilde a commencé à discuter avec le rhinocéros.

Si bien qu'ils sont devenus bons amis.

Ensemble, ils rigolaient tellement !
Le rhinocéros adorait chatouiller Mathilde avec sa corne pour la faire éclater de rire.
Les parents, de leur côté, ne s'apercevaient de rien.

Jusqu'au jour où...

« Qui a mangé toutes les crêpes? »
s'exclama le père de Mathilde
en la regardant droit dans les yeux.

« C'est Rhino », répondit Mathilde.

« Les rhinocéros ne mangent pas de crêpes », répliqua Papa.
« Celui-ci en mange, s'écria Mathilde, et je l'ai justement vu dans la cuisine. »
« Un rhinocéros ? » demanda Maman.
« Dans la cuisine ? » renchérit Papa.

« **Si,** répondit Mathilde, c'est lui ! »
Papa et Maman éclatèrent de rire.
« Et puis quoi encore ? Un requin dans les toilettes ?
Un ours polaire dans le frigo ? »
« **Il est juste là, regardez!** »
leur cria Mathilde.

Mais Maman et Papa étaient trop occupés à rire pour regarder quoi que ce soit.

« J'en ai assez, Rhino, tu sais. »

Le rhinocéros chatouilla Mathilde avec sa corne,
mais elle était bien trop triste pour rire ou même sourire.

« Maman et Papa ne m'écoutent jamais, soupira-t-elle.
C'est comme s'ils étaient à des milliers de kilomètres. »
Un long soupir s'échappa des grosses narines violettes du rhinocéros.

« Excuse-moi, Rhino. Ta famille aussi est à des milliers de kilomètres, hein ? »
Le rhinocéros acquiesça, et une petite larme roula le long de sa joue.

Pauvre Rhino.

Cette nuit-là, plutôt que
de dormir, Mathilde réfléchit
au moyen de ramener
Rhino auprès de sa famille.

Il était bien trop lourd
pour voyager en montgolfière.

Et bien trop gros pour le bateau
pneumatique de Mathilde.

Elle aurait pu lui prêter son vélo,
mais le casque était vraiment trop petit.

Le lendemain matin, Maman et Papa avaient une surprise pour Mathilde.
« On t'emmène au zoo ! dit Maman. Comme ça, tu pourras voir un vrai rhinocéros. »
« Qu'est-ce que tu en dis ? » lui demanda Papa en souriant.

Mathilde se disait que c'était vraiment une idée stupide. Pourquoi aller au zoo quand il y a un rhino chez soi ?

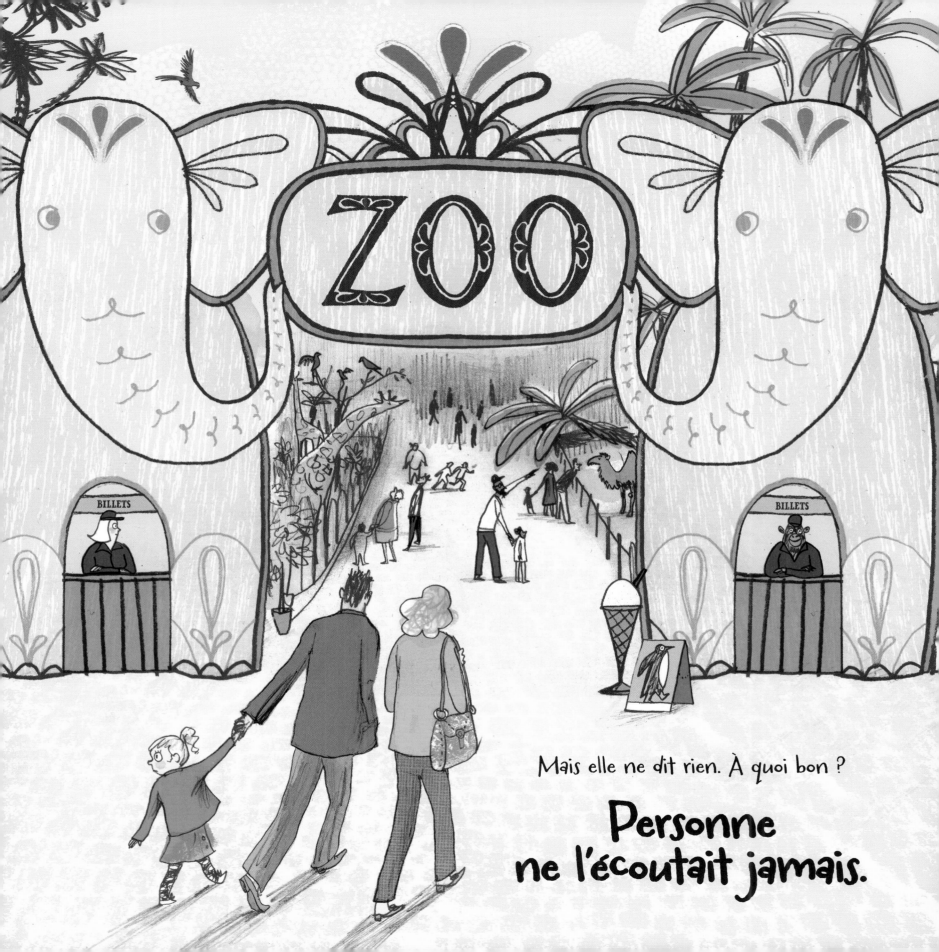

Mais elle ne dit rien. À quoi bon ?

Personne ne l'écoutait jamais.

Au zoo, Mathilde admira des girafes jaunes...

... des perroquets rouge vif...

... des tigres orange et noir et des serpents aussi verts que le gazon.
Mais elle ne pouvait pas s'empêcher de penser à son pauvre rhino violet.
« Viens vite, Mathilde, lui dit Maman. Les rhinocéros sont par ici. »

« Bon sang ! » s'écria Maman.
« Voilà qui explique la disparition des crêpes ! » s'exclama Papa.

Papa, Maman et Mathilde rentrèrent immédiatement à la maison,
et devine qui les y attendait...

Le plus célèbre

rhinocéros violet de la ville !

« Je vous l'avais bien dit ! »
s'exclama Mathilde avec un immense sourire.

« J'appelle tout de suite le zoo », dit Maman.
Le rhino sembla soudain inquiet.

« **Non !** s'écria Mathilde.
Pas le zoo. Il veut retrouver sa famille.
Elle est à des milliers de kilomètres d'ici. »
« Alors, il faut se dépêcher, répondit Papa. Le prochain vol
pour des milliers de kilomètres d'ici décolle cet après-midi. »

Le rhinocéros boucla rapidement sa valise pendant que Mathilde cherchait son chapeau.
Puis Mathilde et ses parents poussèrent tant bien que mal le gros derrière violet
du rhino sur la banquette arrière de la voiture.

Et ils prirent tous ensemble la route pour l'aéroport.

« Tu vas me manquer, dit Mathilde au rhino avant qu'il monte à bord de l'avion.
Le rhino lui fit un gros câlin violet. Mathilde aussi allait lui manquer.

De retour à la maison, Mathilde commença à se sentir seule, comme avant.
Qui allait l'écouter, maintenant ?

Elle ne réalisait pas encore que tout avait changé.

« Mathilde, parle-nous du rhino », demanda Maman.
« Oui, renchérit Papa, raconte-nous tout sur ce gros rhino violet dévoreur de crêpes. »

Alors, Mathilde leur raconta les jeux, la première crêpe, les chatouilles... Et tu sais quoi ?
Ils l'écoutèrent encore et encore, jusqu'à ce qu'elle n'ait absolument plus rien à raconter.

C'était génial !

« Est-ce que tu as encore d'autres choses à nous dire ? »
demanda Maman à Mathilde en la mettant au lit ce soir-là.

Mathilde jeta un coup d'œil vers la porte de sa chambre.
« Non, c'est tout pour aujourd'hui, répondit-elle en souriant. Bonne nuit ! »

Elle leur parlerait de l'ours polaire rose demain.